黑夜怪兽画像

［意］亚历山德罗·Q.费拉里 / 著

［意］埃莉萨·帕加内利 / 绘

窦兆娜 张婷婷 / 译

GUANGXI NORMAL UNIVERSITY PRESS

广西师范大学出版社

·桂林·

"晚安，艾丽卡！晚安，玛蒂尔德！"爸爸边说边关上灯。

玛蒂尔德立马就睡着了，但妹妹艾丽卡却睡不着。

艾丽卡觉得，黑夜里藏着可怕的怪兽。它们既危险又讨厌，很可能想要吃掉她！

"玛蒂尔德？我害怕！"艾丽卡说得很小声，她怕被怪兽听见。

不过，玛蒂尔德还是听到了，她醒了过来。

"交给我吧！"姐姐边说边打开灯。随着

"啪"的一声，怪兽们立刻消失了。

艾丽卡检查了房间的每个角落，什么都没有！

"晚安，玛蒂……"她轻轻地说，然后安心地闭上了眼睛。

可现在轮到玛蒂尔德睡不着了。

"这些亮光把我的好梦都带走了。"她想。

玛蒂尔德跳下床，踮着脚尖穿过
走廊，走进爸爸的房间。

但是她没法入睡，因为爸爸的呼噜声实在太大了！

呼噜噜噜噜噜噜噜噜噜噜

"爸爸！"玛蒂尔德喊道，"别打呼噜了！
我要睡觉！"

呼噜噜噜噜噜噜噜噜噜

爸爸醒来后，把她送回了房间。

"你都这么大了，怎么还怕黑！"他说。

玛蒂尔德认为，爸爸没搞清楚状况。怕黑的根本不是她。不过，说不定她还真怕黑……

"艾丽卡！艾丽卡！"玛蒂尔德叫醒妹妹，把她拉到客厅，"跟我来！我知道有个地方，怪兽找不到我们！"

几分钟后，玛蒂尔德用枕头搭了个宽敞的藏身宝地。

"你就睡这里！"她对妹妹说。

然后她打开了奶奶卢多维卡的台灯，跟艾丽卡保证自己会一直守着她。

　　　"现在是晚上 10 点，一切安好！"她说。

好吧，也许不是那么好！

玛蒂尔德听到厨房里传来一阵可怕的嗡嗡声。

接着浴室里传来一声可怕的尖叫。

嗡嗡嗡嗡嗡嗡

呜哇呜哇呜哇

呜哇呜哇呜哇

窗外传来可怕的滴答声。

滴答
滴答
滴答

"谁在那里？"她颤抖着问。

但是没有人回答。

"也许是风……"她想，"或许是我胡思乱想。但是……万一真的有人在这里，躲在黑暗中呢？"

"你怎么把灯打开了？"艾丽卡揉着眼睛问。

"因为现在我也害怕了！"玛蒂尔德说。

"你怕什么？你都这么大了！"艾丽卡说。

"我害怕蜥蜴，也害怕蜘蛛，因为它们有很多条腿！"玛蒂尔德说。

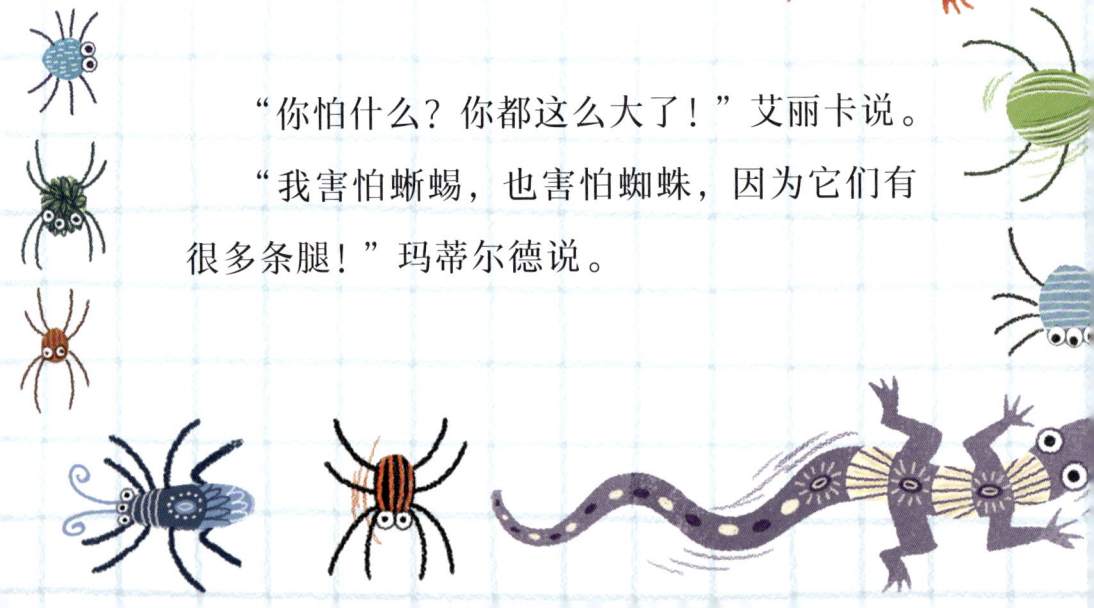

　　"蜘蛛很有趣！"艾丽卡笑眯眯地说，"比起你怕它们，它们更怕你！"

"我害怕的是怪兽，"艾丽卡坦言，"尤其是无头怪兽，它把薯片嚼碎了吐在地上。"

"但如果怪兽没有头……"玛蒂尔德说，"它就不能吃薯片啊！"

艾丽卡想了想，姐姐说得对呀！

姐妹俩的胆子大了一些，玛蒂尔德灵光一闪。

"如果我们把害怕的东西大声说出来，也许会发现，它们再也吓不到我们了！"

"如果能把它们画出来，那就更好了！"艾丽卡提议。

第二天，姐妹俩画了怪兽、蜘蛛、蜥蜴，还有各种可怕的生物，它们……

走路会摔跤！

会大笑！

会跟人问好！

还会穿滑稽的衣服！

画完后，她们举办了一场展览，号称世界上最可怕的展览！

浴室里的豹纹壁虎

滑板上的
孔雀蜘蛛

打喷嚏的狼人

海滨食人魔

"这些画太有趣了！"艾丽卡欣赏着墙上的画作，不禁发出了赞叹。

"没错。"玛蒂尔德附和说，"它们不再可怕了。"

那天晚上，爸爸看到她们的画，吓得尖叫起来！

玛蒂尔德醒了，她一脸得意地说："你都这么大了，怎么还怕黑啊，爸爸！"

我喜欢这个故事，因为……

黑夜怪兽画像
Heiye Guaishou Huaxiang

出版统筹：伍丽云
质量总监：孙才真
责任编辑：窦兆娜　张婷婷
责任美编：邓　莉
责任技编：马其键

A Monster Show
© 2018 DEA PLANETA LIBRI SRL
Text: Alessandro Q. Ferrari
Illustration: Elisa Paganelli
Simplified Chinese edition copyright © 2025 by Guangxi Normal University Press Group Co., Ltd.
著作权合同登记号桂图登字：20-2025-004 号

图书在版编目（CIP）数据

黑夜怪兽画像 /（意）亚历山德罗·Q.费拉里著；
（意）埃莉萨·帕加内利绘；窦兆娜，张婷婷译.
桂林：广西师范大学出版社，2025.4. --（魔法象）.
ISBN 978-7-5598-7877-9

Ⅰ.Ⅰ546.85

中国国家版本馆 CIP 数据核字第 2025S21U58 号

广西师范大学出版社出版发行

（广西桂林市五里店路 9 号　邮政编码：541004）
（网址：http://www.bbtpress.com）

出版人：黄轩庄

全国新华书店经销

北京博海升彩色印刷有限公司印刷

（北京市通州区中关村科技园区通州园金桥科技产业基地环宇路 6 号　邮政编码：100076）

开本：889 mm × 1 360 mm　1/32

印张：1　　　字数：20 千

2025 年 4 月第 1 版　　2025 年 4 月第 1 次印刷

定价：18.00 元